LILY Y SUS TÍAS CULEBRA

Lily y sus tías Culebra
ISBN: 978-607-9344-47-4
1ª edición: mayo de 2014

Paracas 59 – C1275AFA – Ciudad de Buenos Aires

Edición: Anabel Jurado
Diseño Gráfico: Marcelo Torres

Ediciones Urano México, S.A. de C.V.
Insurgentes Sur 1722, ofna. 301, Col. Florida
México, D.F., 01030, México.
www.uranitolibros.com
uranitomexico@edicionesurano.com

Impreso en China – *Printed in China*

Patricia Suárez

Lily y sus tías culebra

Ilustraciones: Silvina Amoroso

URANITO EDITORES

ARGENTINA - COLOMBIA - CHILE - ESPAÑA
MÉXICO - VENEZUELA - URUGUAY - USA

Capítulo 1

Había una vez una niña de trece años cuyo nombre era Lily Culebra.

Durante mucho tiempo, Lily Culebra había oído de boca de sus tías historias horrorosas y que podían congelar a una persona del miedo. Vampiros y hombres lobo, destripadores y asesinos sin piedad. Sin duda, la historia que más temía era la del afilador de cuchillos. El afilador paragüero que viene en una bicicleta, haciendo sonar un cornetín, con una pesada piedra de afilar que rueda y rueda mientras él saca chispas a los filos. Se trata, ni más ni menos, que de un asesino sanguinario que toca tu timbre y, poniendo voz de inocente, te ofrece afilar tijeras, cuchillos y reparar paraguas, automáticos o no automáticos. Así, le llevarás tus cuchillos, aquellos que tu mamá usa para picar cebollas, cortar la carne o trozar el pollo, las tijeras de costura y las tijeritas de las uñas, el paraguas negro de tu papá, el paragüitas del dinosaurio púrpura de tu hermana menor. El tipo te pone una cara de lo más simpática, canta canciones que seguro sabes, o que al menos puedes tararear, y te entretiene contándote cuentos. Y te quedas ahí, oyéndolo un buen rato, hipnotizada por el girar de la piedra de afilar. Después el afilador te dice que está cansado y sediento, ¿podrás traerle del interior un vasito con agua?, ¿con jugo de toronja?, ¿con agua de limón? Lo haces pasar al corredor —no a la casa, porque de tonta no

tienes ni un pelo—. Pero basta con que te des vuelta para que el afilador te retuerza el cuello como a una gallina y clave en tu garganta uno de los mismos cuchillos o tijeras que le diste para afilar, uno de los tuyos, y te caerás en el suelo como una bolsa de papas, en medio de *tu propia sangre*. La leyenda dice que el afilador se llevará tus tijeras y cuchillos, y que en su casa —un cuchitril en un barrio escondido— tiene una habitación toda para los instrumentos afilados con que mató a decenas de niñas.

Mientras las tías de Lily Culebra narraban esta historia horrorosa, sus ojos brillaban como los de los felinos en la oscuridad y su lengua se volvía de seda para pronunciar cada palabra con deleite, para que Lily se helara de miedo y, si era posible, de paso, se muriera de un ataque al corazón. Le contaban sin cesar esta historia una y otra vez, la más sangrienta de todas las que conocían. Cuando contaban, lo hacían con un panecillo de canela y pasas aprisionado entre sus dedos pulgar e índice con uñas pintadas de rojo, larguísimas como puñales. De puros nervios, a veces las uñas se clavaban en la carne del panecillo y lo desmenuzaban un poco. Si aguzabas el oído, hasta podías escuchar al panecillo gritar y pedir auxilio. Y si mirabas con atención, empezabas a dudar de que las pasas fueran simples pasas de uva y no los moretones, consecuencia de los golpes que ellas les daban a los panes. Y sólo cuando tomaban un respiro y te quedabas conteniendo el aire de susto, tanto, tanto que la piel se te volvía azul, ellas ponían punto final al lindo rato familiar que creían habías pasado junto a la estufa y se tragaban el panecillo como si hubiera sido un bebé humano. No te daban las buenas

noches, porque sabían que no iban a tener nada de buenas: no podrás sacarte de la cabeza ni un solo minuto al afilador de cuchillos y pasarás la noche en vela, creyendo oír en el viento sonar el mortal cornetín.

Capítulo 2

Lily Culebra, a pesar de todo, podía conciliar el sueño después del horrible cuento de sus tías.

Podía contar cien ovejas.

Podía contar delfines.

Podía pasar las hojas del libro dorado de los sueños, un libro de su mente, y elegir un sueño. Tenía uno que repetía con frecuencia, el sueño de sus deseos. Subía a un tren ruidoso y humeante, un tren a vapor de los que ya no existen (pero sobre los cuales Lily había leído infinidad de cuentos), llevando una abultada maleta y con una cámara fotográfica al cuello. Después, subía a un barco gigante, un trasatlántico, donde le daban un encantador camarote. En el barco, ella tomaba el sol todo el día tirada en una tumbona y oía el canto de las ballenas. A veces, charlaba con el capitán. A pesar de todos sus largos años de lobo marino, el capitán desconocía que existían treinta y dos especies de delfines. Él creía que eran apenas tres o cuatro clases, y jamás se le hubiera ocurrido pensar que la orca es un delfín y no una ballena. O, ¿sabía, por ejemplo, que los cetáceos tienen la nariz en la parte de atrás de la cabeza y es por allí que lanzan lo que el común de la gente cree un chorro de agua, y que es en realidad un spray de aire caliente? ¿Sabía que la ballena azul es el ser vivo de mayor tamaño que habitó el planeta en toda su historia (incluidos los dinosaurios)? Lily Culebra, en su fantasía

de pasajera de un magnífico trasatlántico que la llevaba a tierras desconocidas y lejanas, le enseñaba cosas nuevas al capitán. Por supuesto, el capitán se mostraba más que agradecido y hasta le ofrecía el puesto de avistar mamíferos marinos y estudiar sus conductas en torno a los barcos, cosa que sería una gran contribución para la ciencia. Incluso, ella hasta lograba entablar primero un diálogo con los delfines y luego una amistad con un grupo de ellos, una manada de delfines del Irrawaddy (habitan la Bahía de Bengala, miden dos metros y pesan cien kilos, si ella mal no recordaba de una pequeñísima enciclopedia donde lo había leído), o tal vez fueran delfines jorobados del Índico–Pacífico (su hábitat son las costas del este de África y el sur de China; mide también dos metros pero es un poco liviano, pesa unos ochenta y cinco kilos). El trasatlántico desembarcaba a Lily en un puerto extranjero, lejano, en medio de una ciudad exótica, donde las mujeres llevaban canastos sobre la cabeza y caminaban descalzas con pasitos cortos. Era África; Lily, sin el menor temor, se internaba en el continente y así conocía de cerca dos animales que deseaba ardientemente conocer: delfines y elefantes. ¿Cuántas personas sabían, como ella, que un elefante comería alrededor de cincuenta sandías diarias, si lo alimentaran exclusivamente con sandías? ¿Y que las orejas del elefante africano miden hasta 1,80 metros y eso las convierte en las orejas más grandes del mundo? Todo esto Lily lo sabía de los libros, pero ahora quería conocerlos y vivir con estos animales.

Por eso, aunque Lily tardara en conciliar el sueño, se concentraba en su fantasía para salir adelante. Había cosas horribles

que te podían pasar, como toparte con el afilador de cuchillos en un callejón oscuro. Pero había otra peor: que te criaran tus dos tías. Que estuvieras toda tu vida en poder de tus tías Culebra.

Capítulo 3

Las tías de Lily Culebra eran dos señoras obesas que, hiciera calor o frío, fuera verano o invierno, usaban animales en su atuendo. Es decir, se ponían abrigos de visón o de nutria, o boas de zorro, o un pájaro disecado en el sombrero. A ellas les parecía que les sentaba muy bien y muy elegante. Pero Lily no opinaba lo mismo. Claro que a las tías les importaba un pepino lo que Lily pensara de la vestimenta. Bastante, decían, se ocupaban de ella: la alimentaban, la vestían, le dirigían la palabra. Lily era huérfana desde que era bebé, y el Juez decidió que como un bebé no puede criarse solo, debían criarla sus tías paternas. A las tías la decisión del Juez no les hizo nada de gracia. Aceptaron cuidarla no tanto por deber, sino porque su hermano les había legado un cofre de monedas de oro, otro de piedras preciosas y otro de libros. Descartando el cofre de libros, que a las hermanas Culebra no les importaban nada, los otros dos eran tan abundantes que bastaban para hacer vivir holgadamente a diez Lilys Culebras por cincuenta años. Habían ocultado a Lily el lugar donde los tenían escondidos, por miedo a que ella las robara, pero el contenido de los cofres podía ser utilizado por las hermanas cuando quisieran, para darse un *gustito* o un *caprichito*, y sólo por eso soportaban a la sobrina con ellas. Porque hasta el día en que el Juez se las *encajó*, a las Culebra nomás les gustaba ser solteras y tenían pasatiempos que las

entretenían a más no poder. La tía más grande, Eudora, se dedicaba a la caza mayor y menor y, por lo menos, tres veces al año viajaba a distintos puntos del país a cazar: en las montañas, tiraba contra los ñandúes; en el sur, contra los ciervos; y en la llanura, contra los cochinitos salvajes. Después traía de sus viajes las pieles ensangrentadas y se las daba al maestro peletero, que hacía con ellas cualquier tipo de prendas. La preferida de la tía Eudora era el chaquetón de cochino. Si veías de lejos a la tía Eudora metida adentro del chaquetón, te parecía que ella misma era una bestia salvaje, una especie de cochino gigante. Pero en cuanto te acercabas, la veías a tía Eudora en todo su esplendor y ¡vaya si eso te daba miedo! Como si fuera poco, cuando estaba nerviosa o aburrida, la tía Eudora no tenía mejor pasatiempo que salir al jardín con su rifle y dispararle a cuanta cosa se moviera ante la mira. La tía Eudora consideraba que el tiro al blanco, con balas y municiones de verdad, era una actividad sana y relajante, tanto como para otros puede ser nadar estilo crol en una piscina o tomar un baño de agua tibia. Ella salía, apuntaba a un gorrión y ¡paf!, disparaba. El gorrión caía en el acto. ¿Por qué tenía tía Eudora que privarse de tirar contra los pajaritos? Los pájaros pequeños, sabía ella decir, lo echan todo a perder, no sirven para nada en absoluto: no se pueden comer, ni hacer pastelitos con ellos, y encima, tienen la desvergüenza de entrar en el huerto y picar el sembrado: nunca es demasiado el cuidado que hay que tener con esas pequeñas bestias. (Cabe aclarar que el huerto era un sembradío que daba apenas una calabaza huérfana y pálida al año, y el sembrado eran cinco mazorcas de maíz que Didí, la hermana de Eudora, había plantado unos catorce años antes y que nunca se

dignaron crecer en esa tierra…). Al cabo de dos años de esta práctica "desestresante", no sólo acabó con la población de gorriones circundante a la casa, sino que los mismos pájaros decidieron ya no pasear por esos lados. Ahora, la tía Eudora tenía menos criaturas sobre las que hacer blanco: apenas si las golondrinas, cuando pasaban en su ruta a los países cálidos y a Joselito, el chico que repartía el diario. Joselito en su bicicleta era un magnífico blanco móvil para la tía Eudora, y si no fuera porque el chico decidió cambiar de recorrido, a ella no la detenían en su pasión por el rifle las amenazas de la policía con meterla en prisión perpetua.

La segunda tía Culebra se hacía llamar Didí, pero ese no era su nombre verdadero. Pasaba que como su nombre verdadero era horrible e impronunciable, se lo había quitado de encima haciéndose llamar por las dos silabitas de "di–dí", que era como sonaban sus zapatillitas de tacón cuando bajaba las escaleras. La casa de las hermanas Culebra tenía dos largas escaleras de caracol y muchas escaleritas de pocos escalones, y también escaleras de tijera. ¡Las hermanas Culebra adoraban las escaleras! Y siempre les pasaban por debajo, a pesar de la superstición que dice que pasar por debajo de una escalera trae mala suerte. Ellas no creían en las supersticiones, ni creían en la mala suerte. Incluso, tenían sueltos por la casa trece gatos negros de siete vidas cada uno, asesinos y apestosos, que infestaban de pulgas los sillones y traían del exterior ratas muertas y ensangrentadas. A las hermanas no les importaba que los bichos fueran sanguinarios, nomás les rascaban la cabeza y los llamaban "mininos". Incluso, la vez que uno de ellos, el más arisco, arrastró el conejo del vecino,

al que mató sin piedad, ellas no le dieron ni un grito al malvado animal. (Lily, en cambio, tuvo que esconderse detrás de las cortinas, para soltar unas lágrimas de pena). La tía Eudora, aquella vez, observó con atención el cadáver del conejo y decidió que, dado que aún estaba lo suficientemente fresco, podía ser desollada y utilizada su piel, para hacer un par de guantes monísimos. Como era viernes y el peletero ya había cerrado su negocio, la misma tía Eudora fue a la cocina y con mucho cuidado de no ser vista por los vecinos inició una tarea que solía llenarla de entusiasmo: desollar. Con el cuchillo de picar cebollas, le quitó la piel al pobre animal y la puso a tender en la soga donde colgaba la ropa de todos los días. Los vecinos husmearon por todas partes en busca de su querido Rabito, pero apenas metieron la nariz en la propiedad de las Culebra, le salieron a hacer frente los trece feroces gatos, que, para el caso, eran mejores y más fieles guardianes que un ejército de tenebrosos perros rottweiler. Los vecinos, asustados, se mudaron de barrio dos semanas después.

Pero volviendo a la tía Didí, aunque no puede decirse que fuera más bondadosa que su hermana, al menos no era tan cruel. La tía Didí, también, era bastante tonta. Por ejemplo: ella creía que todos esos animales que se ponían encima cuando salían a pasear crecían en los árboles como las peras o las naranjas. Aunque Eudora le había explicado que a los bichitos con que se adornaban ambas los bajaba ella a tiros, Didí no parecía comprender el asunto. Sólo tenía ojos para las chinelas y los zapatitos, zapatos de tacón alto, chinelas de tacón chino y con plumas de marabú, zapatos de

charol, zapatos estilo Luis XV: la tía Didí coleccionaba pares de zapatos. Tanto le gustaban que cuando el reloj de pared daba la hora, ella salía corriendo rumbo a su ropero y se cambiaba los zapatos. Tenía veinticuatro pares de zapatos, uno para cada hora del día, más unas botitas rosas con lazos para los domingos y fiestas. Daba mucho trabajo tener semejante guardarropa limpio y en buen estado, pero ¿para qué estaba su sobrina Lily? ¿Acaso no estaba ella para fregar, cepillar y lustrar los veinticinco pares de zapatos para los blancos piecitos de la tía Didí, que más que pies parecían pezuñas de carnero? ¿Acaso no eran generosas las tías, criándola, alimentándola y vistiendo a semejante chica que, si no fuera por ellas, se convertiría en una haragana más de las que pueblan este triste mundo? ¿Qué otra cosa haría Lily sin ellas, que mendigar en la puerta de las iglesias? ¿Y quién le daría algo con esa cara de estúpida que tenía?, se preguntaban ellas, ¡si esa chica parecía más un borrego degollado que una señorita Culebra hecha y derecha! ¡Que no parecía de la misma sangre que ellas, caramba!, resoplaban al unísono las tías y, mientras tanto, la tenían a la sobrina de arriba abajo fregando y, con tal de que estuviera ocupada, hasta la hacían barrer cuesta arriba los escalones.

Capítulo 4

Arriba de todo, en la casa de las Culebra, había una torrecita. La torre tenía un desván donde apenas cabían una araña panzuda y una niña flaca. Precisamente ahí era donde vivía Lily Culebra desde que tenía cinco meses de edad. En realidad, no. Porque apenas llegó a la casa, pusieron a la bebé en su cunita, y a la cunita en… ¡el cuarto de las escobas! Que ni siquiera era un cuarto, sino un clóset con dos escobas, un escobillón, un trapeador y un plumero verde. Ponían a la bebé ahí y a un fox terrier, llamado Fineas, que avisaba a las tías cuando llegaba la hora del biberón o de cambiarle los pañales. A las tías, el asuntito de cambiar los pañales —bastante asqueroso en sí— las ponía frenéticas. Se colocaban una máscara de soldar y un *snorkel* para no respirar el aire viciado, decían ellas, y mientras una hacía "el trabajo sucio" con el culito de Lily, la otra vaciaba un spray con un perfume llamado "Aire de los bosques" y que tenía olor sólo a oxígeno batido con unas gotitas de lavanda.

Durante algún tiempo, Lily y el perro Fineas fueron amigos, pero fue cuando la niña tenía cuatro años que la casa se empezó a llenar de gatos, y los gatos mañosos enviaron a Fineas a vivir al tejado. Lo atacaban de todos los flancos, y el más temerario le arañaba el hocico con sus garras como agujas. Aullando y con el rabo entre las patas, Fineas se exi-

lió en el tejado de las Culebra. Sólo que al llegar el otoño, su vida se puso difícil. Las hojas doradas de los plátanos que caían al tejado se pegaban a él y cuando después llovía fina y copiosamente, se volvía el terreno muy resbaladizo. Un par de veces, el fox terrier estuvo a punto de resbalar y darse de cabeza contra el suelo. Un día, incluso, quedó apenas sostenido por una de sus patas delanteras, agarrándose fuertemente de una teja medio floja. Debajo, seis o siete de los gatos más malévolos lo miraban muertos de risa. Si nunca oíste la risa de un gato, es cuestión de prestar atención. Tienen dos tipos de risas, una sarcástica que apenas pasa de media sonrisa y es inaudible, y otra sonora, que suena como la tecla de un piano desafinado y te crispa los nervios.

Fue un milagro que el fox terrier no se matara en ese tiempo y, al final, una noche de invierno, Fineas escapó a la casa del cura, no sin antes haberle propuesto a Lily Culebra escapar con él. En la casa del cura, tendrían estofado para comer en la cena; las hermanas Culebra, en cambio, la alimentaban a base de sopa de fosforitos de madera hervidos y panecillos de miga de pan duro, tan duro que hasta los pajaritos famélicos las hubieran despreciado. Lily Culebra decidió permanecer con sus tías, aunque tal vez no pueda decirse que fue *una decisión*: era demasiado pequeña para entender la proposición del fox terrier y para salir andando por la puerta y ganarse la vida por ella misma.

En todo caso, fue para ese entonces, a la tierna edad de cuatro años, cuando Lily Culebra tomó nota de lo sucedido y concluyó que tarde o temprano debía escapar de la casa de sus tías. No le gustaba en absoluto lo que hacían sus tías

ni su modo de vivir: para Lily, las dos mujeres estaban sumidas en un mundo de maldad. A medida que fue creciendo, a Lily el asunto se le hizo cada vez más claro: debía salir de esa casa, porque de quedarse allí más del tiempo necesario, acabaría por parecerse a sus horribles tías.

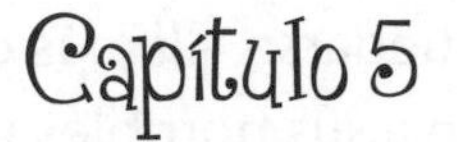

Capítulo 5

Sin embargo, las cosas mejoraron un poco ahí dentro o parecieron mejorar. Primero, porque dos años más tarde, una asistente social fue a la casa de las Culebra para ver cómo iba la crianza de Lily y obligó a las hermanas a mandar a la niña a la escuela.

—¿Para qué? —preguntó tía Eudora.

—Porque los niños tienen derecho a aprender y deben ir a la escuela.

—¿Y a mí qué? —escupió Eudora con un vozarrón tal que tembló la taza de té que trajera Didí a la señora asistenta social.

—Señora Eudora, debe usted actuar con conciencia frente a la infancia…

—Mi hermana y yo participamos siempre en la colecta anual en pro de los pequeños adefesios a los que les falta… ¿Qué les falta a esos niños de la iglesia? —tía Eudora miró a Didí en busca de ayuda, pero Didí permaneció callada y se encogió— … dinero. A los niños de la parroquia les falta dinero para jugar al billar y a los naipes y gastarse todo lo que ganan. Así, serán los respetables futuros alcohólicos y jugadores del día de mañana. Nosotras colaboramos con ellos.

—¿Qué dice, señora? —preguntó la asistenta, pensando que había escuchado mal.

—Que ayudamos a las bestezuelas. Por eso, no veo la necesidad de que también mi sobrina participe del tormento

éste... al que usted llama "educación primaria", ¡válgame Dios! Qué nombrecito para decir charco de lombrices.

—Su sobrina debe aprender a leer y a escribir.

—Puedo enseñarle yo —dijo tía Didí poniendo treinta y dos terroncitos de azúcar en su té.

—Mejor que no, querida —susurró tía Eudora—. Acuérdate de que no sabes ni deletrear.

—¡Eso no es cierto! —se defendió tía Didí.

—A ver, deletréale a la señora la palabra *asistenta*...

La tía Didí contuvo el aliento y luego de un silencio incómodo dijo:

—A de Andrés, C de Carlos, I de Hilda, X de no se sabe, T de Tito, E de mi hermana, N de Nadie, T del hermano gemelo de Tito y A de Andrés viene otra vez. ¿Ven? ¡Claro que puedo!

—Ya vio, señora asistenta —sonrió sarcásticamente la tía Eudora—, pero retomando la conversación, no nos parece en absoluto útil la escuela, teniendo nuestra sobrina tantas tareas que hacer aquí, como barrer, fregar los platos, cocinar, guisar, hornear, cepillar a los gatos, ponerles sus antipulgas... Quitar con jabón de los silloncitos y de la alfombra la sangre de las ratitas que cazan los mininos y arrastran por...

—Su sobrina debe estar en contacto con otros niños y con los libros.

—Los niños seguro serán una mala influencia —sentenció Eudora.

—Los libros también. Puede enfermarse. Nosotras mismas somos alérgicas a los libros. Tenemos gravísimas reacciones al papel impreso. Una vez, si mal no recuerdo, fue por la época de la guerra de Corea que debí ser hospitalizada, porque había estado tratando de leer una novela de amor.

Incluso retuve el nombre del título por si alguna vez volvía a toparme con él. Se llamaba "Cien recetas de pescado para la olla a presión" —dijo Didí.

—Eso era un libro de cocina —afirmó ceñuda la asistenta social.

—¿Lo leyó usted?

—No.

—¿Cómo puede saberlo entonces? ¿Sabe usted por las desgracias que pasó la merluza por amor a una zanahoria cortada en cubitos cuando la echaron en la sartén con aceite hirviendo? Preste atención a estas palabras: *aceite hirviendo*, puedo deletrearlas, si quiere, para que comprenda mejor: A de Andrés que siempre está volviendo, S de Cecilia, E de mi hermana adorada…

—Está bien, Didí. Puedes callarte; la señora entiende de qué le estás hablando. Insisto en que mi querida sobrina no tiene la menor necesidad de asistir a la escuela. Y menos, como usted dice, para tener contacto con los niños. Los niños pequeños, igual que los pajaritos, lo echan todo a perder, no sirven para nada en absoluto: no se pueden comer, ni hacer pastelitos con ellos y, encima, son un fastidio con sus babas y sus pellizcos llenos de caprichos: nunca es demasiado el cuidado que hay que tener con esas pequeñas bestias.

—Lily Culebra deberá ir a la escuela. Usted podrá ser llevada presa si se niega a enviar a la niña a la escuela.

—¿Ah, sí? ¿Presa?

—Claro que sí.

—¿Y quién cree usted que vendrá a buscarme para llevarme a prisión?

—El comisario.

—¡El señor comisario!

La tía Eudora echó una risotada tan grande que los cristales de las lámparas de techo se estremecieron. Hacía menos de seis meses, el comisario había aparecido por la casa ante las denuncias de un vecino. Este pobre vecino había tendido un mantel a cuadros y las sábanas de su cama una tarde, y a la mañana siguiente se encontró con el tendido hecho agujeros. Así que el comisario fue de buenos modos a pedirle a Eudora su permiso para portar armas y, sobre todo, qué permiso se creía ella que tenía para disparar al aire o, peor aún, a la ropa lavada del vecino. Pero la tía Eudora, nada más verlo, le voló la gorra de un escopetazo y las charreteras de dos disparos. Asustado, se llevó las manos a la cabeza, con tan mal tino que la tía Eudora tiró en ese instante a la hebilla del cinturón del comisario y se le cayeron los pantalones en el acto, dejándolo en calzones.

Los trece gatos rieron con sus risas malévolas. Ay, ay, ay, qué negras se las vio el señor comisario aquel día. Tuvo una crisis de nervios y salió corriendo por el fondo.

Aunque la risa de Eudora siguió vibrando por los oscuros pasillos de la casa y la tía Didí tiró al suelo el juego de té y se manchó con mermelada de fruta su sandalia de suave terciopelo blanco, la asistenta social no se conmovió. Era una mujer flaquita y con cara de cocker spaniel y sacudió tercamente la cabeza de un lado a otro. Permaneció sentada sobre el silloncito de pana verde unas seis horas más, en el silencio más absoluto.

Capítulo 6

Lily Culebra se paró en puntas de pie y se estiró cuan larga era para decir:

—Tía Eudora, yo quiero ir a la escuela.

Al principio, la tía no supo bien quién había dicho eso. ¿Acaso Didí era ventrílocua, hablaba por el estómago? ¿O era, quizás, la lagartija de su sobrina la que se había atrevido a elevar la voz para expresar un *deseo propio*? Mientras estaba tratando de resolver de dónde habría provenido la voz, Lily Culebra repitió:

—Quiero ir a la escuela, tía Didí.

Lily apretó los dientes para que no se oyera el castañeteo —no sabía si le hacían ruido de miedo o de rabia— y también enderezó las piernas, porque las rodillas le temblaban como si estuvieran hechas de flan. Había tomado una decisión y la llevaría adelante costara lo que costara: iría a la escuela.

La tía Didí comprendió en ese mismo instante quién le estaba hablando. Era su sobrina. Ay, ay, ay, a Eudora no le gustaría nada que la chiquita estuviera hablando en voz tan alta. Francamente, si no hubiera sido porque en la casa necesitaban una sirvienta a bajo precio y esperaban que en los años venideros Lily lo fuera, pensó Eudora, preferían darla en adopción a cualquiera que pudiera necesitar una niñita. Tanto Didí como ella no se hacían muchas ilusiones al respecto: desde que les contaran que aquello de que los gitanos se

roban a los niños era puro cuento y prejuicio racial, habían perdido la fe de que unos gitanitos se la llevaran y así la hicieran desaparecer de la noche a la mañana de sus vidas.

La tía Didí, leyendo prácticamente el pensamiento de su hermana, arriesgó:

—Esto de enviar a nuestra querida a la escuela es una idea fija suya, señorita. ¿No habrá, en cambio, unos saltimbanquis o un circo que quiera llevarse a nuestra Lily? Podemos hacer una donación y darla a los saltimbanquis. ¿Osos amaestrados? A veces los osos aceptan de buena gana devorar a una niñita… Quizás no sea lo que usted tiene en mente, sobre todo por el sistema digestivo del oso, que según vi en un documental, es muy delicado. ¿Un mago? Un mago circense podría hacer desaparecer a Lily, y entonces terminaríamos esta fea discusión y nos podríamos comer unos ricos panecillos de vainilla que…

No había terminado de sugerir ideas la tía Didí, cuando recibió un codazo tal de Eudora que por poco le rompe las costillas.

—¿Cómo dice, señora? —preguntó la asistenta.

La tía Didí ni siquiera pudo responder: tenía un ataque de tos tremebundo. Su hermana murmuró:

—A ver si aprendes a callarte, querida.

—Quiero ir a la escuela —repitió Lily, que nunca se olvidaba de un deseo propio.

—Por favor, querida, deja estas cuestiones en manos de tus mayores… —suplicó tía Didí.

—Quiero ir a la escuela.

—¡No lo harás! —chilló tía Eudora.

—¡Sí iré! —Lily estaba pálida como un papel, de la furia que sentía. Luego, bajó la voz hasta hacerla inaudible—. Si no, revelaré a la asistenta lo que pasó con el conejo Rabito, y adónde fue a parar su pellejo…

—¿Quéééé? —chilló la tía Eudora.

La asistenta y Didí miraron a la Culebra mayor sin comprender su alarido.

La tía Eudora murmuró:

—¿Qué estás diciendo, ratita inmunda?

Pero Lily no se amedrentó:

—Iré a la escuela o voy revelar el asunto del conejo, el de los gorriones y los gatos asesinos…

—No metas a los mininos en este asunto, Lily.

—Está en contra de la ley tener gatos que dañan a otros seres, sin siquiera vacunarlos o… Me dejarás ir a la escuela o *ahora mismo cuento lo de los gatos*. Cuando se sepa lo de tus gatos, los mandarán a la horca —amenazó Lily, desconociendo que los gatos no van a la horca.

El silencio en la salita fue mortal.

Si alguien hubiera pestañeado o levantado una ceja, habrían podido oírlo.

Lily nada más sentía el latir de su corazón.

La asistenta seguía allí como un peñón, sin que nada la moviera. Las hermanas comenzaron a sospechar, con horror, que la mujer podría quedarse ahí eternamente, echar raíces en la alfombrita persa con el dibujo de una lámpara maravillosa y enredar sus brazos convertidos en ramas en la lámpara de pie. Al cabo de seis horas de estar con el trasero apretado contra el sillón, Eudora Culebra decidió que, o firmaba los papeles de la asistenta y permitía a su sobrina ir

durante siete años a la escuela, o acabaría volviéndose loca ahí mismo y empezaría en ese momento.

Firmó con letras como barrotes su nombre completo, Eudora Eleodora Culebra, tía y tutora de la jovencita esa, hija de su hermano menor, y de quien ella, en mala hora, había aceptado hacerse cargo.

Fue así como Lily Culebra pasó los siete mejores años de su vida.

Capítulo 7

Cuando no tenía la excusa de hacer las tareas para el día siguiente, Lily Culebra se encerraba en su torre a leer. Libros, que eran unos objetos que sus tías detestaban. Sabían que alguna gente elegante tenía un mueble llamado biblioteca, donde se ponían las cositas esas de papel y tapas de colores, que en general combinaban con el resto de la habitación. Por ejemplo: ellas podrían tener el mueble y atiborrarlo de cositas de lomo rojo y dorado, porque eso quedaría a juego con la alfombra y la lámpara de pie. Lástima que esto no fuera posible hacerlo, porque las tías eran alérgicas a los libros, o eso decían ellas. Nada más tocar una hoja les subía la fiebre y les daba una picazón tremenda. Probablemente fuera la picadura de los ácaros, que son unos bichitos minúsculos que viven en los libros viejos y amarillentos; picaduras a las que una persona normal es más o menos insensible; sólo que ellas, además de sentir la picadura, se rascaban con sus uñas de puñales y se arrancaban la piel a tiras. Por lo que fuera, las hermanas Culebra habían eliminado a los libros de su vida, y los pocos que alguna vez habían sido de la familia —de un tío lejano que murió en la niñez o del abuelo Culebra, que era buena persona— quedaron confinados en la misma torrecita donde Lily vivía. Estaban metidos dentro de un baúl cerrado con dos cadenas de gruesos eslabones y cuatro candados. Por suerte, los candados eran tan viejos que estaban

CYRANO
Cyrano
Historia
GEO
LOS VIAJES de Marco POLO

oxidados, y no le resultó difícil a Lily, a la edad de ocho años, abrir el enorme baúl y sacar el tesoro que contenía. Libros y libros. Libros con estampas, con fotografías. Libros sobre los animales del África, sobre la fauna marina de los océanos. En la selva, hay criaturas que ella desconocía por completo en la realidad: hay gatos más poderosos que los trece malditos: hay leones, tigres, leopardos, chitas. Vive el mamífero más grande del planeta, sobre la tierra: el elefante. El libro con los viajes de Marco Polo y el del viaje a la Luna de Cyrano eran los preferidos de Lily Culebra. Pasaron varios años sin que sus tías lo supieran, pero un día a Lily se le escapó que había estado leyendo sobre Cyrano de Bergerac. La tía Eudora se la quedó mirando cruzada de brazos.

—En… en la escuela… me hablaron de él… —se corrigió Lily.

—Cuántas burradas hacen en ese antro de perdición. Si no te hubieras comportado como una cretina amenazando la vida y el confort de mis trece preciosos gatitos, jamás hubiera permitido que fueras a la escuela.

—Los niños tienen derecho a ir a la escuela.

—¡Pamplinas!

—Me gusta aprender en la escuela.

—Las maestras sí que ganan un sueldo por hacer nada. ¡Cyrano de Bergerac! ¿Qué tendrá de interesante ese tipo para…? Ay, por todos los cielos. Qué institución más superflua es la escuela. El mundo podría marchar perfectamente si dejara de existir la escuela y en su lugar pusieran academias de tiro suizo.

—Cyrano fue un gran poeta. Estaba enamorado de una mujer llamada Roxana a la que dedicó muchos poemas. Pero

ella no le correspondía y…

—¿Quién diría que yo tendría que oír semejantes atrocidades de la boca de una niña de diez años? ¡Y para colmo sobrina mía! ¡Hablar del amor de los adultos! ¿No sabes acaso que eso es cuento? ¡Es un divertimento, una frivolidad, un entretenimiento que crearon aquellos a quienes les sobra el tiempo! Tu padre debió ahogarte como a los gatos cuando naciste. ¡El amor! ¡Qué suprema idiotez! Lindo invento de los estúpidos y los ociosos…

—Cyrano, sin embargo, sentía un profundo…

—No lo digas, ya sé. Un profundo amor por la muchacha esa. Pero a ver, sobrina: ¿Cyrano no fue uno con una nariz enorme? ¿No fue un tipo del montón, un don nadie, un pelandusco que se hizo famoso gracias a una nariz que era como tener un camote plantado en la mitad de la cara…?

—Sí.

—Razona, chiquita, razona. ¿Y quién podría *amar*, por usar la palabreja que trajiste a esta casa, a un narigón horrible?

—Tenía grandes cualidades espirituales.

—¿Grandes *qué*?

—Su espíritu era hermoso. Porque es la belleza interior la que…

—¿Su *espíritu*?

—Sí.

—¿Y con qué se come eso? —se burló—. ¿Qué aderezo lleva? ¿Ketchup? ¿Salsa?

—No se come.

—Tal vez con salsa tártara.

—¡El espíritu, el alma!

—¡¡Pero si eso no existe, querida!! Qué sobrina más bobalicona tengo —rió la tía Eudora y salió al aire libre pateando cuanto gato se interpuso en su camino.

Sin embargo, a Lily Culebra le gustaba el Cyrano. Le gustaban los libros, le gustaba leer sobre animales exóticos y necesitados de ayuda para no desaparecer por completo de este ancho mundo. Le gustaban los animales desaparecidos y quería aprender mucho de ellos para tenerlos siempre en la memoria: el lobo de Tasmania, el dodo, el tigre dientes de sable. Y también le gustaba saber que existe un sentimiento que te une a las personas, a las cosas hermosas, y que sólo ansía lo bueno para el otro.

Estas ya eran las creencias de Lily Culebra a la edad de diez años.

Capítulo 8

Pero lo bueno dura poco, dice el dicho. Aunque tal vez no sea un dicho que de verdad se cumpla, Lily Culebra sintió que se hacía realidad cuando tía Eudora la llamó a la sala con voz ronca y pronunciando:

—Lily, acércate, por favor, que tenemos que hablar.

Era un "tenemos que hablar" que hacía temblar del susto.

—¿De qué, tiíta?

—De la escuela secundaria.

Sí, las peores noticias estaban esperándola.

Cuando Lily Culebra acabó el séptimo grado, la tía Eudora decidió que su sobrina ya estaba bastante grande para seguir asistiendo a la escuela. A Lily Culebra esta decisión no le gustó nada. En realidad, más que no gustarle, la llenó de desesperación. La tía Eudora estaba sentada en la sillita de oro de las grandes decisiones —una silla que, de más está decir, no era de oro, sino que era de madera de pino pintada con pintura dorada— y la miró con sus ojos amarillos, clavándoselos a ella como si Lily hubiera sido un gorrión, un jilguero o cualquier otro pajarito, y su tía el gato más malvado de todo el gaterío que poblaba la casa y los alrededores.

—Es preciso que comprendas, Lily —susurró con suavidad.

¡Ah, cuando le hablaba así! ¡Ahora seguro vendría el zarpazo!

—Quiero ir a la escuela.

—Qué lástima, voy a explicarte, sobrina, por qué no irás a la escuela secundaria.

Y después empezó una parrafada de cosas que duró como media hora y donde tía Didí se tapó dos veces el bostezo.

—Quiero ir, tía.

—No.

Pero la tía Eudora insistió con aire filosófico. (No había peor cosa que cuando la tía Eudora se hacía la filósofa y la inteligente). ¿Qué era eso de la escuela secundaria? Además, razonaba la tía Eudora en voz bien alta para que Lily la oyera, si esa enseñanza era *secundaria*, significaba que muy bien se podía prescindir de ella. Que era algo accesorio, innecesario, un artículo de lujo.

—¿No es así con todas las cosas *secundarias*? Veamos un ejemplo —dijo—: el oxígeno ¿es algo secundario? El oxígeno es la sustancia que respiramos todo el tiempo, y sin oxígeno no podríamos vivir.

La tía Didí metió su cuchara:

—Perdón, Eudora querida, pero eso no es cierto. Es el dinero lo que necesitamos para vivir. Sin dinero no podríamos vivir.

—¡Te callas! —ladró la tía Eudora.

—Era sólo una opinión...

—Nadie te pidió que abras tu enorme boca. Lily, atiende a mis palabras, el agua potable ¿es secundaria?

Nadie se animó a decir palabra, por temor de irritar a la tía Eudora.

—¿Les han comido la lengua los ratones?

—…

—Lily, te estoy hablando.

—Perdón, tía. Pienso que el agua es indispensable para vivir.

—¡Muy bien, sobrina! Porque el agua potable es de primera necesidad. Pero el jugo de toronja, el té dulce, el café y el licor, que gracias a Dios jamás hemos tomado, son *secundarios*. Uno no se muere si no tiene jugo de toronja, ni té dulce, ni café, ni licor, y una niña ya crecida no se muere si no concurre a la escuela secundaria.

—Oh… –suspiró Didí—. A mí el té con melaza me parece una cosa estupenda. Hasta siento que sin un té bien cargado por las mañanas no podría ni asomar la cabeza de la cama.

—¡Didíííííí! —gritó Eudora—. ¿Quién te pidió opinión?

—Perdón, Eudora.

—El problema se resuelve así. Lily: no habrá escuela secundaria. Asunto terminado. Ahora, puedes irte escaleras arriba que te esperan las tareas de la casa.

—Tía…

—Nada, chitón. Ni una palabra más: no quiero oír ni una palabra sobre el tema. No habrá escuela, porque es lo más sano para una chica que ya ha comenzado a usar corpiños y que debe prepararse para ser una buena sirvienta por lo que le reste de vida. Tus tías podrán no quererte jamás, pero siempre te necesitarán.

Dicho así, tía Eudora salió rumbo a su dormitorio que olía como un matadero de vacas, y la tía Didí se quedó de pie, en una actitud que parecía que estaba pensando, pero en realidad estaba contando los agujeros de sus zapatitos picados.

Cada zapatito tenía catorce. Y catorce y catorce hacen veinticuatro, concluyó tía Didí, o tal vez fueran veintiocho o treinta: algo por el estilo…

Capítulo 9

Muy bien, ya que su tía estaba empeñada en impedirle ir a la escuela, ella haría lo contrario. Iría a la escuela secundaria sí o sí, aunque para ello debiera escaparse de la casa. De hecho, tendría que escaparse de la casa. Esa misma noche, Lily Culebra preparó un atado de ropa, un par de libros —la enciclopedia de los delfines y los elefantes—, el cepillo de dientes y un peine de carey que tenía de recuerdo de su madre. Había cuidado preparar trece trocitos de tocino frito para los trece gatos sanguinarios. Los animalitos no eran feroces de nacimiento, por lo cual, ¿no podría ser que se hubieran vuelto feroces a la vista de la malicia de las tías?, calculó Lily. Ellas jamás se habían preocupado por darles una comidita rica, un pedacito de atún, una golosina para gatos o una buena cepillada para despulgarlos. Cuando los gatos maullaban de hambre, la tía Eudora se limitaba a abrirles la puertecita para que salieran en busca de ratas y ratones. Y si los cazaban bien, habría cena; pero si no los cazaban, ¡zápate!, se la pasaban sin comer. En el fondo, los trece gatos también eran muy desgraciados.

Muy bien, esa misma noche, tres minutos después de que el reloj diera las doce, Lily Culebra bajó de su torrecita de puntitas, lo más sigilosa posible, para no hacer crujir los escalones. Llegó a la sala y, sin encender ninguna luz, se orientó hacia la puerta de calle. Poco a poco los trece gatos amodorrados encima de los sillones empezaron a maullar. No eran maullidos

de alertas ni el ¡fúu! con el que se te tiraban encima; sonaban más bien como mugidos... Lily los llamó:

—Mish mish mish...

Los gatos se le acercaron con una desconfianza tremenda, porque sabían que ella no los quería; pero ante el olor del tocino no pudieron contenerse, saltaron de los sillones y se echaron encima de los bocaditos que ella les regalaba.

Así estaban, relamiéndose, mientras Lily se acercó a la puerta de calle. Metió la llave en la cerradura y descubrió que no podía hacerla girar. Estaba muy dura, y por más que ella le apoyaba todo el peso de su cuerpo, no lograba que girara. Tras mucho esfuerzo, pudo hacerlo y cuando puso la mano sobre el picaporte... ¡Ay, Dios! ¡Tampoco podía moverlo! Las tías Culebra tenían unas fuerzas inmensas. Ya se le saltaban las lágrimas de la rabia, cuando oyó detrás suyo una voz siniestra:

—Grasa les falta a ambos. —Era la tía Eudora—. Siempre te he dicho que hay que engrasar los picaportes y sacarle lustre a la tetera de plata. Pero no quieres hacerlo, Lily. Bueno, he aquí las consecuencias...

—¡No! ¡No! ¡No! —gritó Lily.

Intentó frenéticamente abrir la puerta: ella sabía que si lograba salir podría correr rapidísimo, pero el picaporte no bajaba ni subía y fue inútil. Quedó a merced de su tía Eudora.

La vieja le dio un manotazo a la cola de caballo de Lily y, así agarrada, la subió hasta la torrecita, donde la encerró por fuera con trancas y con siete candados.

La tía Didí le subía mediante una polea la comida una vez por día: una papa hervida fría, un pedazo de pan y una botellita de agua del canal del tejado. Era lo más que se atrevía

a hacer por ella. Estuvo un mes entero encerrada sin un solo libro para leer —se los quitaron—, y nada más le dejaron unas agujas de crochet y varios ovillos de lana para que les hiciera un acolchado. Por suerte, Lily halló debajo de la cama un block de hojas y algunos crayones y pudo entretenerse dibujando. Dibujar se volvió una cosa muy importante; al dibujar, uno pone en figuras aquello que tiene en la mente, por ejemplo, un elefante, un mono o… ¡un plan de escape!

Fue de esta manera como a Lily Culebra no le quedó más remedio que seguir en la casa de sus horrendas tías todos sus trece años, pero *¡ni un minuto más después de sus trece años!* Lloró y se retorció de la rabia, pero en lugar de tener *menos ganas e ilusiones de huir, tenía MÁS*. Cuando se encontraba muy triste, dibujaba elefantes de color gris y elefantes de color blanco que se veían así:

Y en cuanto fue recuperando la alegría y su cabeza se sintió nuevamente dispuesta a hacer planes de escape, pasaba sus ratos dibujando delfines que saltaban entre las olas del mar y se veían más o menos así:

Y cuando hubo dibujado unos sesenta elefantes y unos ciento doce delfines, Lily Culebra ya había ideado otro plan y otro modo para salir de ahí.

Capítulo 10

Aunque el pasatiempo favorito de las tías los viernes a la noche era contar la tétrica historia del afilador de cuchillos y su ansia de sangre, no era éste el único modo en que se divertían. Tenían otro que practicaban en secreto, a escondidas de su sobrina. O, por lo menos, eso era lo que ellas creían. Porque Lily había comprobado que la única manera de realizar su plan para huir de esa casa era no perder de vista a las viejas. Desde hacía un mes atrás, después del intento de huída de Lily, cuando tía Didí enganchó uno de sus tacones altos en el primer escalón de la escalera, la madera de éste se levantó. Las tías mandaron a Lily a arreglarlo con martillo y diez clavos oxidados, y justo en el instante en que ella se ponía a hacerlo, descubrió que era un escalón amplio y hueco, una especie de cajón, donde podía esconderse una persona. Simuló arreglar el escalón con unos clavos falsos de goma y dejó la tabla acomodada de tal manera que parecía estar correctamente clavada. Pero en cuanto las tías estaban distraídas y se dedicaban a pasar una de sus tertulias de horrores y panecillos, Lily se metía dentro del escalón y escuchaba todos sus maléficos planes. Así fue como oyó cuánto se divertían con un nuevo entretenimiento para hacer el mal: el chisme.

Hacía poco tiempo atrás, las hermanas Culebra habían descubierto con delicia cómo los seres humanos se sienten

afectados por las noticias y, mejor aún, cuánto se afectan *sobre todo* por las *malas* noticias. Dado que las hermanas Culebra conservaban pocos vecinos a su alrededor —la mayoría habían huído espantados por su cercanía—, no tuvieron más remedio, para recuperar algo de vida social, que participar de las colectas de la iglesia para los niños pobres —esos manojos de carne blanduzca que mejor hubiera sido que perecieran antes de nacer, solía opinar Eudora—, fingiendo un cálido interés en ellos. A veces, hasta besaban al manojo asqueroso en la mejilla y al hacerlo —sobre todo a Eudora— le daban arcadas. No había cosa más desagradable que el olor a niño o, peor aún, que el olor a colonia para niños distribuida sobre sus pellejitos grasientos. ¡Ay, si era para vomitar ahí mismo!

Como segunda medida para amenizar la vida social, habían instalado un telescopio de dimensiones modestas en una torre de la casa, una torre poco más cómoda que aquella en la que vivía Lily Culebra. Gracias al telescopio, hubieran podido contemplar los montes de la luna, las noches de plenilunio o las constelaciones estelares. Por supuesto, la astronomía era una materia que dejaba frías completamente a las Culebras. Lo que ellas hacían era enfocar el telescopio hacia las moradas del vecindario. ¡Y es increíble de las cosas que una se entera con un poquito de atención y perspicacia!

Por suerte para Lily, por una cosa o por otra, no todas las noches podían subir las tías Culebra a espiar la vida de los vecinos, así que ella aprovechaba a usar el telescopio para buscar en la luna lo que había aprendido en un libro de

astronomía. La luna tiene diez montes, cuarenta y seis cráteres y treinta mares. Muchas personas ven un conejo en la luna —algunos dicen que es un conejo que, en una pelea atroz, la Luna le tiró al Sol por la cabeza—, pero el libro de Lily explicaba que la mancha oscura que forma la cabeza se llama Mar de la Tranquilidad, y el 21 de julio de 1969, la nave Apollo 11, primera nave tripulada en llegar a la Luna, alunizó allí. La oreja izquierda del conejo es el Mar de la Fecundidad y la oreja derecha se llama Mar del Néctar. ¡La luna era algo magnífico, la luna era el círculo más perfecto y hermoso del universo!, suspiraba Lily, y ojalá de los *ojalases* la luna fuera un lugar posible donde vivir.

Las noches que subían las hermanas Culebra, el pequeño observatorio astronómico se convertía en un antro de difamación. Con risitas cascadas, que las hacía parecer hienas con anginas, se metían en la vida privada de los demás. Muchas veces, Lily se quedaba sentada en la salita y oía todos, todos los perversos planes que hacían para molestar a la gente. Ni siquiera se cuidaban de hablar en voz baja, para que la sobrina no se enterara. Por ejemplo, los Pereyra estaban por tener su sexto hijo y aunque los cinco niñitos simulaban satisfacción y contento ante la llegada de la cigüeña, entre ellos hacían planes maquiavélicos acerca de cómo deshacerse del futuro bebé. ¡Con la alegría que la señora Pereyra derramaba en cada tiendita donde compraba zapatitos o talco para la colita del futuro bebé!

Estaba visto, comentó Didí a su hermana, que los niños Pereyra eran unos consumados asesinos. Eudora le respondió que le parecía un instinto muy saludable en una familia

numerosa, aunque sólo por mera urbanidad, tendrían ellas que actuar. Didí asintió; consideraba perfecto intervenir en un caso así. Las hermanas Culebra se creían unas Robin Hood de la moral del barrio. Cuando alguien les iba con un chisme en la junta por la colecta, ellas lo hacían detenerse y murmuraban con admonición:

—No, no. No siga usted. Los chismes son tan malvados como aquellos que los inventan. Nosotras no somos de andar prestando nuestros castos oídos a los chismes. Aunque esto era sólo una mentira para que nadie sospechara de ellas.

La tía Eudora, entonces, movida por su honradez, escribió un anónimo con letras mayúsculas recortadas de las revistas y los diarios, donde podía leerse:

SEÑORA PEREYRA

SUS HIJOS ASESINARÁN

AL BEBÉ APENAS NAZCA

SON UNOS HOMICIDAS

NO LO PERMITA

Después lo despacharon por correo y en el momento de meter la carta en el buzón, saltaban de alegría y se daban palmadas las dos. Nadie las reconocería en un momento así, porque nadie jamás había visto a las hermanas Culebra festejar un acontecimiento y ni siquiera sonreír de pura felicidad.

Capítulo 11

Con este método de espionaje y las cartas anónimas, habían logrado en el último año:

- Que el señor Pedro Fuentes desheredara a su hijo por beber licor a escondidas. (Que la botella contuviera agua en lugar de vodka es un asunto que a las Culebras no les competía. La botella tenía una etiqueta y decía "Vodka Cristoff" y eso fue todo. Ellas no eran empleadas del Instituto de Ciencia de los Alimentos; ellas nada más advertían a un buen padre cómo se le descarriaba su hijo).
- Que la señora García echara a su marido de la casa por haberle hecho caritas pícaras a su secretaria y hasta por haberla invitado a salir un jueves después de la oficina. (Que no hubieran salido al final no era cuestión de las Culebra).
- Tres fugas de enamorados a quienes habían enviado anónimos advirtiendo que los futuros suegros impedirían ferozmente el matrimonio. (Cosa que no era cierta, excepto en el caso de Martincito el *Estrujacogotes* Pérez, que acaba de escapar de la cárcel de presos peligrosos y había seducido y conquistado por correspondencia a la señorita Helvecia Auxiliadora Villaespesa, solterona desesperada, y cuyo padre se opondría a la boda, si estuviera en condiciones de oponerse, ya que había muerto nueve años atrás).
- Siete perros abandonados por sus amos. Los perros —un salchicha, dos doberman, tres chihuahuas y un pome-

MARTINCITO
EL
ESTRUJA
PERRERA
MUNICIPAL
RTE.: ?

rania— fueron acusados de padecer sarna, demencia senil y rabia. A la gente le costó imaginar que la mordida de un perro chihuahua podía ser lo peor del mundo, pero la carta anónima enviada al periódico vespertino aseguraba que la mordida de esos perritos inmundos hace crecer gusanos verdes de inmediato y provoca gangrena.

Algunas de estas maldades Lily lograba repararlas. Por ejemplo, ataba al rabo de alguno de los trece gatos malignos sobres con estampillas y cartas a diferentes destinatarios, donde contradecía lo que las hermanas habían escrito. Escribió a la Perrera Municipal, explicando que aquellos anónimos sobre los perros eran una absoluta mentira de personas que estaban mal de la cabeza. Los de la Perrera evitaron sacrificarlos, y los perros volvieron con sus dueños. Claro que el final feliz del asunto puso a las tías Culebra los pelos de punta.

—¡Parece que no se puede hacer el mal y dejarlo bien hecho! —chillaba tía Eudora de rabia, cuando los agravios, al final, se arreglaban.

De todas formas: ¡qué divertido era todo esto de la difamación mientras duraba la confusión!, gemían las hermanas Culebra.

Y cuando la diversión se acababa, podían inculcar a su sobrina el miedo al afilador de cuchillos, que era un ser enteramente de su invención. A veces, cuando creían que Lily estaba encerrada en su torrecita leyendo esas cositas estúpidas, las hermanas comentaban entre sí que deberían, francamente, patentar en la Sociedad de Escritores, o de Inventores, o cual fuera, el haber creado un ser tan patéticamente horroroso

como el afilador de cuchillos. Un atardecer del mes de junio, cuando la oscuridad cae tan temprano y la noche se cierra sobre los temerosos como una manota que te aprieta el pescuezo, tía Didí consultó a su hermana:

—¿Estás segura, Eudora, de que el sanguinario afilador de cuchillos no existe?

—Por supuesto.

—¿Por qué estás tan segura, Eudora querida?

—Porque sí.

Y luego no se habló más del asunto, y siguieron felicitándose por ser tan creativas e imaginativas. Si querían, podían hacer correr la voz de que el afilador sanguinario era un ser de verdad e intimidar de miedo a todos los pobladores del barrio, y entonces, ¡ah, que risa!, ¡ah, qué de carcajadas! Si esto de reírse de los demás parecía que era una cosa que no iba a terminar nunca.

Capítulo 12

Finalmente, Lily había tomado una decisión: se marcharía de la casa el día de su cumpleaños número trece. Como las tías jamás le habían festejado un cumpleaños y a decir verdad, ni siquiera sabían cuándo era el cumpleaños de la sobrina, para ellas no significaría nada especial. Sí para Lily: trece años era su ultimátum para salir de allí. Pondría en el atado un par de libros, el cepillo de dientes, el peine de carey. Lamentaba tener que dejar el libro de astronomía porque era muy, muy pesado, y del telescopio ni hablar: ¡pesaba media tonelada! Saldría de esa casa para siempre una noche, porque aunque la tía Didí tenía un oído muy aguzado y podía oírla, era muy miope. Así que si el chirrido de un escalón o la bisagra de la puerta la alertaba en la oscuridad, difícilmente podría verla. Y la tía Eudora, aunque tenía una vista de lince, dormía como un tronco y nadie podía despertarla ni echándole un balde de agua encima. La vez anterior, la tía Eudora la había descubierto porque se había quedado haciendo solitarios con los naipes. Cuando tenía insomnio —que no era muy frecuente, pero solía pasarle porque se quedaba ideando cosas malas para hacer el día siguiente—, jugaba a los naipes contra sí misma. Y si la que perdía era ella, bajaba a la cocina, cortaba la baraja en tiras finitas, las aderezaba con aceite y vinagre y *se las comía en ensalada*. Fue cuando la tía Eudora bajó a la cocina, que

notó que Lily *se estaba escapando como una rata*, según sus propias palabras.

Por eso, esta vez, Lily prevendría un montón de situaciones:

1. Cocinaría guiso de caracoles semi crudos la noche anterior, porque a las tías les encantaban y les caían tan pesados que dormían como lirones.
2. Enceraría los escalones de la escalera.
3. Echaría grasa en las bisagras y la cerradura.
4. Freiría tocino para los trece gatos famélicos.
5. Echaría migas de pan y chicharrón para los pájaros negros que estaban un poco más allá de la casa, adonde los gatos no podían atraparlos. Cuervos y otras aves de rapiña que la tía Eudora respetaba y por ello no les disparaba; a la que ellos, agradecidos, solían guiñarle sus ojos diabólicos.
6. Llevaría una botellita de agua para regar las ortigas y los cardos que crecían en la puerta de calle, en el jardincito que con tanto ¿amor? cuidaba tía Didí.

Y cuando las tías despertaran a la mañana siguiente y salieran a buscarla, ella estaría lejos, muy lejos, empezando a vivir el sueño de su vida.

Capítulo 13

Entre las cosas terminantemente prohibidas en la casa de las Culebra, estaban las canciones de amor que hacían referencia a la luna. Literalmente, a tía Eudora la sola mención de la luna le ponía la piel verde y le daba náuseas. Del amor, ya conté que Eudora no podía ni oírlo nombrar y que le parecía una invención de aquella gente que trasnocha y se levanta al día siguiente a las once de la mañana: la misma clase de gente que inventó los tragos largos —el Daiquiri, el Bloody Mary— y las bolas de espejo que cuelgan del techo en los bailes. Respecto de la luna, la tía Didí, en cambio, sospechaba que era un fruto que colgaba de un árbol oscuro y misterioso, el árbol de la noche y que cualquier día de estos, su hermana podía bajarlo de la rama de un certero escopetazo.

Sin embargo, las cosas empezaron a cambiar por completo una tarde. Fue en la reunión para la colecta por Navidad de los niños pobres. Las hermanas Culebra asistieron a regañadientes, apenas alentadas por la esperanza de levantar falso testimonio de un par de vecinos: uno que había abandonado la iglesia, porque se decía seguidor de las doctrinas de Buda y estricto vegetariano, y al que Eudora —telescopio mediante— había visto atracarse secretamente un trozo de carne al horno con papas comprado en la rotisería de Fredy. Otro vecino al que tenían entre ceja y ceja era al viejo

Luis María, que había puesto letreros de advertencia en su jardín con la leyenda "Cuidado con el perro" y "Perro bravo vigilando", perro, al parecer, fantasma, porque nadie lo había visto con sus propios ojos, sólo escuchaban sus ladridos venir desde la casa o el cobertizo. Tía Eudora, gracias otra vez al telescopio diabólico, había descubierto que el perro guardián no era otro que el propio don Luis María, quien, cuando oía pasos cerca de su jardín, imitaba los ladridos de un perro ronco y a decir verdad, con pulmonía. En fin, que eran estos los únicos alicientes de las hermanas para asistir a la reunión por la bendita colecta de fin de año. Encima, habían reñido con Lily, que quería ir a toda costa nomás por ver gente. A la octava vez que las tías le dijeron que no, Lily comprendió que debía callarse.

—No, no y no —se impuso tía Eudora—. Esas reuniones son de lo más nefastas para una niña que está concentrada en los deberes de una casa. Son una mala influencia.

La tía Didí, conmovida por las lágrimas de Lily, le prometió que le traería del paseo un limón agrio, para que ella chupara y se alegrara el resto de la tarde. Lily gruñó y, en lugar de irse a llorar a su torre, se puso a pensar qué cosa molestaría de verdad a las Culebra para que decidieran no llevarla con ellas. Para Lily era muy importante ir a la colecta y checar el camino, los horarios de los autobuses para salir del pueblo, y ver en quién podría confiar para que la ayudara. No podía perder el tiempo ni la energía derramando ni siquiera *una sola* lágrima. ¡Quedaban apenas dos días para su cumpleaños y tenía que actuar! Fue a su cuartito y se quedó ahí, mirando los mapas de la luna. Desde allí, oía las espantosas conversaciones de las viejas.

—¿Qué haremos con una niña tan desobediente? —preguntó en voz alta tía Eudora a su hermana.

—No sé —contestó tía Didí, porque en realidad desconocía el significado de la palabra "díscola". Creía que eran personas aficionadas a escuchar discos.

—Estoy entre amarrarle los pies con unas esposas o ponerle grilletes. La otra noche, hice dos llamados telefónicos. A dos institutos de menores, correccionales. En ambos correccionales, les enseñan lengua, matemáticas, geografía, historia y biología. ¿Puedes creerlo? Yo no salía del espanto. Además les dan clases de cestería, para que los pequeños delincuentes aprendan a hacer canastos. Esto es el acabose de la sociedad. En un correccional deberían darles palos, azotarlos, hacerlos arrodillar sobre sal gruesa y cuando menos, *cuando menos*, hacerlos ir a la cama con el piyama mojado por un balde de agua helada.

—La juventud está cada vez peor.

—Ya lo creo.

—Pero si envías a Lily a un correccional, ¿quién hará las tareas del hogar?

—Ah, qué buena pregunta.

—Nos quedaríamos sin sirvienta. ¿Quién lustrará mis zapatos? ¿Quién limpiará la sangre de los juguetes que tan alegres nos traen nuestros trece mininos?

—Tienes razón, Diótima, cuando tienes razón no me queda más remedio que admitirlo.

En ese instante, tía Didí se desmayó. Hacía como cincuenta años que nadie la llamaba por su nombre propio. Hay gente que nace sentimental y un recuerdo del pasado puede hacerla tambalear: era el caso de tía Didí, cuyo verdadero

nombre impronunciable era Diótima Xantipa Hermógena Culebra.

Tía Eudora estuvo a punto de conmoverse —sobre todo cuando oyó el golpe del cráneo contra la cómoda— y ayudarla a incorporarse, pero después decidió que a ella la cintura y el espinazo le dolían mucho, y más le dolerían levantando a la gorda obesa de su hermana. Ya se despertaría ella por sí misma, tarde o temprano, y seguro correría con pasitos brevísimos detrás de Eudora, pasitos como saltitos de mariposa, que daba para no arruinarse la suela de los zapatos.

Y si no llegaba a levantarse, bueno, un poco más tarde iría la tía Eudora a reconocerla a la Morgue y daría las órdenes para organizar un funeral. ¡Qué lindo funeral sería!, pensó, ¡podrían servir panecillos con pasas y té dulce con jengibre!

¿Por qué sus tías eran tan horribles?, se preguntó. *¿Por qué no podían ser como las demás personas, que tienen ratos buenos y ratos malos?* Es cierto que eran bien feas y que eso había sido motivo de burla y escarnio cuando eran niñas, pero después podrían haber mejorado. Las personas feas lo son por lo que tienen en su interior. Una persona puede tener la nariz ganchuda, los dientes torcidos y los ojos bizcos, pero si tiene buenos pensamientos, no se verá fea. Parece una tontería, sin embargo es la más pura realidad. Una persona se ve feísima si tiene maldad en su alma, y esa fealdad aflora a su cara, año a año, hasta hacerla horrible. Lily pensaba que algo así había ocurrido con sus tías: a lo mejor eran niñas muy sensibles a los insultos y las burlas de otros niños y, en lugar de defenderse de ellos o de hacerles caso omiso, decidieron pagarles con la misma moneda. Entonces les devolvieron

maldad por maldad, y así fue como quedaron metidas en el gran hoyo del odio, que es un lugar adonde si te tiras de cabeza, muy difícilmente podrás salir.

De tanto pensar, al cabo de unos minutos a Lily se le ocurrió una idea para ir a la colecta. Cuando Lily salió a saludar a sus tías al escuchar que se marchaban (Didí ya se había recuperado del desmayo), les dijo con suavidad y haciéndose la tonta si debía también limpiar la habitación de la torre donde guardaban ese instrumento desconocido, un cañón de guerra o un telescopio... También había muchas revistas de la farándula con letras recortadas, como si alguien las hubiera utilizado para armar *anónimos* o vaya a saber qué... Las tías se miraron entre ellas, pálidas de rabia. *¿Las habría descubierto esta mocosa?*, pensó Eudora. Le ordenaron que se vistiera inmediatamente, que la llevarían a la colecta siempre y cuando mantuviera el pico cerrado. Lily saltaba de alegría, pero por dentro. ¿Saben cuando parece que uno tuviera dentro de su alma un muñequito de chocolate que salta y se ríe, o se hunde de tristeza, mientras que nuestro cuerpo no se mueve para nada?

Capítulo 14

Cuando llegaron por fin a la reunión, hacía rato que el párroco y su ayudante habían expuesto las medidas que tomarían esta Navidad. Tía Eudora estaba agitada y colorada por la larga caminata y tía Didí llegó con más atraso aún, bamboleándose aquí y allá de cómo le duraba el mareo. Lily las seguía dos pasos atrás. El párroco comentó que para los festejos de este año, la señora Berni se iba a ocupar de adornar el pino navideño, la familia Betinotti donaría generosamente diez panes dulces, los primos Méndez colaborarían regalando turrones, y el señor Otto Budapester, recién llegado al barrio, daría un concierto de violín en beneficio de la parroquia. Apenas dicho su nombre, el señor Otto se adelantó y desenfundó su violincito. Eudora Culebra resopló con fastidio y tía Didí se preguntó de cuál árbol colgarían los violines: olían como las bellotas, así que tal vez colgaran de los olmos o de los arces...

Lily Culebra frunció los ojos hasta hacerlos muy chiquitos, como cuando te da el sol de frente, y se lo quedó estudiando: había algo en este señor que no le caía nada bien. Tenía en el puño un pan chiquito, esos que se llaman *mignoncitos*, y con disimulo, le quitó la miga, la amasó y se metió un buen trocito de miga de pan en los oídos. Después se acomodó el pelo sobre las orejas, para que nadie viera que las tenía tapadas.

El señor Otto Budapester saludó y se colocó el violín sobre el hombro derecho, porque era zurdo. (Según después supieron por el mismo Otto, era el único violinista zurdo de las orquestas de Europa Central, Rusia, y la vieja Yugoslavia). Los vecinos aplaudieron con entusiasmo y tía Didí murmuró a su hermana:

—Estas reuniones están haciéndose cada vez más largas. Hoy seguro nos iremos de aquí con jaqueca.

—¿Con quién? —preguntó Eudora que era un poco sorda.

—Jaqueca.

—No creo que debamos llevar a nadie a casa, porque no hay patitas de puerco para la cena, ni ojos de atún, ni…

Y el señor Otto Budapester comenzó su ejecución. Interpretó "El trino del diablo", una composición de Guiseppe Tartini, que era un violinista famoso de otros tiempos.

Oyéndolo, la tía Eudora suspiró:

—¡Ah, pero qué hermoso aporrea el violín ese señor!

Era evidente que para ese entonces, el hechizo del señor Budapester ya había surtido efecto. Para Lily Culebra sólo fue necesario oír el suspiro de tía Eudora para que se le pusieran los pelos de punta. ¿Qué estaba pasando? ¿Qué era esto de que su malvada tía *elogiara* a alguien? Porque, encima de todo, el señor Budapester no tocaba muy bien el violín. Sonaba como cuando se te escapa el cuchillo en un plato aceitoso y hace *chiiiiii*, o cuando el gis raspa el pizarrón en *crrrijj* y te duelen los oídos. No obstante, la gente de la colecta lo escuchaba embelesada, como si el músico les hubiera embrujado los oídos.

Cuando acabó, todos enmudecieron de asombro y dijo que si alguien tuviera un piano, quizás él podría tocar una melodía sencilla, por ejemplo, el "Claro de Luna", de Ludwig van Beethoven. Y no tuvo mejor idea el señor Budapester que tararearla.

Y la tía Eudora se puso roja como la grana.

Las notas agudas del violín le recordaban otro sonido, pero no sabía ella cuál. Algo ancestral, como el cascabel de la sonaja, o el relincho de su caballito de juguete… Un sonido del que le habían hablado cuando era muy, muy pequeña y que ella había olvidado… ¿Un sonido contra el que la habían advertido?

Cuando volvieron a la casa, la tía Eudora hizo una lista mental de las cosas que le habían pasado en la semana.

✔ Lunes, maté dos gorriones de un tiro.

✔ Lunes por la tarde, hice albondiguitas de gorrión para mis mininos.

✔ Lunes por la noche, dejé a Lily sin postre.

✔ Martes, comí cinco panecillos todos juntos.

✔ Martes por la tarde, regañé a Lily porque no blanqueó bien la ropa.

✔ Martes por la noche, dejé a Lily sin postre.

✔ Miércoles, llamé al segundo correccional de menores.

✔ Miércoles por la tarde, no pasó nada. Me comí dos uñas de aburrimiento.

 Miércoles por la noche, dejé a Lily sin postre.

✔ Miércoles a la madrugada, tuve un ataque de hambre: comí los tres postres de Lily. Natilla con caramelo, torta de chocolate y banana con miel.

 Jueves, me enamoré del señor Otto Budapester.

Capítulo 15

Así es como Lily vió al señor Budapester: era barrigón, con un bigote finito que parecía agitarse como una lombriz cuando se concentraba. Su piel se veía del color de la aceituna, y los ojos, negro intenso. A veces, antes de pronunciar una frase, precisamente como si estuviera pensando atentamente en lo que debía decir, hacía un sonido como silbido parecido al cascabel de una serpiente. Esto era producto de dejar la lengua apoyada contra los dientes de arriba, pero a Lily Culebra, la primera vez que lo oyó, le dio escalofríos.

Ella tenía la sensación de haber oído de él en un tiempo anterior. Pero a diferencia de sus tías, Lily lo consideraba un personaje siniestro, uno de esos tipos de los que hay que cuidarse si no quieres que te rebanen el cuello. Tenía un diente de oro que brillaba muy ocasionalmente, y usaba zapatos de charol y puntiagudos, que la tía Didí catalogó de inmediato: "hechos en Italia". La voz del señor Budapester era seca y pastosa, y hablaba tan bajito que a veces era imposible saber lo que decía. Pero lo peor de todo era que olía a cebollas crudas. En su caso, este hedor no era producto de falta de higiene, sino de un hecho muy simple: se la pasaba mascando cebollas. Todo tipo de cebollas: las blancas, las moradas, las de verdeo, las tiritas de *ciboullete*. A las tías, este aliento les

resultaba, sin embargo, encantador. Un perfume francés no las hubiera cautivado tanto.

Capítulo 16

La misma noche que lo conocieron, el señor Otto Budapester fue invitado a cenar a casa de las Culebra. El señor Otto comentó que él tenía su casita en reparación: los cristales de las ventanas estaban rotos (gracias a los perdigones de la tía Eudora, pero esto no le fue revelado) y aún no corría agua potable por los caños (gracias a que la tiíta, en un acceso de ira, cuando vivía el vecino anterior, había pegado un hachazo a las tomas de agua). De manera que el buen señor estaba momentáneamente sin techo y las Culebra le ofrecieron alojamiento en la casa. Para la tía Eudora, el señor Budapester era, en su lenguaje, "papita pa'l loro", lo que quería decir que era justo lo que deseaba: su exacto príncipe azul. Las hermanas Culebra nunca habían tenido novio y jamás se habían enamorado. Como ya dije antes, tía Eudora detestaba un sentimiento tan pernicioso como podía ser el amor. En su lista de sentimientos destestables estaban:

1. el amor
2. la caridad
3. la tolerancia
4. la compasión
5. la autocompasión
6. hacer cosquillas
7. convidar caramelos

(aunque estos dos últimos ítems no fueran precisamente sentimientos).

Capítulo 17

Tía Eudora, especialmente, estaba tan atenta al señor Budapester que no prestó atención a los trece gatos negros. En cuanto el señor Budapester puso un pie en la casa, los gatos arquearon los lomos y escupieron. Sacaron unas uñas como navajas.

Tía Didí susurró:

—Están un poquito nerviosos los mininos... Claro, es que casi nunca tenemos visitas...

—La casa, además, está en medio de este paraje solitario... –agregó tía Eudora, para explicar de algún modo que no hubiera un solo vecino en cuatro leguas a la redonda.

Luego, tía Didí chasqueó los dedos.

—Lily, la escoba.

Lily entró a la salita con la escoba en alto, y ante la vista de semejante amenaza, los gatos se dieron por vencidos y huyeron por las ventanas. Los gatos tenían un motivo más que bueno para huir: las cuerdas del violín del señor Budapester estaban hechas de tripa de gato, y como era o se creía medio mago, eran intestinos de gatos color negro como el azabache. Así como la púa con la cual, de vez en vez, rascaba su instrumento, era un espolón de gallo blanco. En fin, que los gatos huyeron maullando y armando jaleo, corriendo tan rápido como les daba las patas, y aquellos que en la ciudad los vieron venir y casi fueron atropellados por ellos,

los apodaron "una jauría de gatos", cuando, como ustedes saben, el sustantivo colectivo "jauría" hace referencia a un grupo de perros que aturden el cielo con sus ladridos. Incluso el día quedó fechado en la historia del vecindario como *el día en que la jauría de gatos atravesó en estampida la ciudad*. Hasta la fecha, ninguno de aquellos gatos volvió y de una buena se salvaron.

Una vez que los gatos hubieron salido, tía Eudora chasqueó sus dedos:

—Lily, la comida.

—¿Qué cocinaste, niña preciosa? —preguntó el señor Budapester.

—Ah, Lily no es preciosa: es nuestra sobrina —explicó tía Eudora.

—Oh, pobrecita.

—No creas —explicó Eudora—, en realidad es muy rica. Si fuera pobre, la sacaríamos de aquí a patadas…

(Era evidente que las tías se referían a los tres cofres que le dejara su padre en herencia).

—Lily —ordenó la tía Eudora—, esta es una conversación de mayores. Retiráte a la cocina, a tu rincón de las cenizas.

Lily asintió y se escondió detrás de una puerta.

—Ella es hija de nuestro hermano muerto. Un accidente de avión.

—¡Oh!

—Sí, una de esas horribles tragedias aéreas de las que uno oye hablar en los noticieros.

—Viajaba a China —acotó Didí.

—A Sídney, Australia —corrigió Eudora.

—Eso, ahí mismo. China, Sídney…—dijo Didí.

—Murió en el acto. Le ahorro a usted los detalles, señor Budapester.

—Cuánto lo siento… —murmuró el señor Budapester, a quien todo el asunto, en verdad, le era por completo indiferente.

—Pobrecito Horacio. Era el nombre de nuestro hermano. No "pobrecito", sino "Horacio". ¿Comprende usted, señor Budapester?

—Sí, señorita Didí.

—No era ningún pobrecito, Didí. Era muy rico cuando falleció. Nosotras apenas si hemos tocado alguna moneda de las que nos dejó.

—¿¿Muy rico?? —inquirió el señor Budapester.

—Sí... Dos cofres con monedas de oro y piedras preciosas.

—¡Oh!

—Su herencia eran tres cofres: el de libros, el de oro y el de las piedras.

—Pero no le permitimos a la mocosa tocar ni una sola moneda.

—Las millonarias siempre se echan a perder —suspiró tía Didí.

—Es difícil creer que, viviendo en esta pocilg…, posición modesta…, tengan oro escondido.

—Tenemos.

—Pero ella no sabe dónde.

—Está muy bien escondido.

—Ella vive arriba y el oro está bien abajo.

—Ah, ah —resopló el señor Budapester—, ¿lo sepultaron?

—A nuestro hermano, en el camposanto. Al oro…

—¿Es usted de confianza?– preguntó tía Didí.

—¡Claro!

—Detrás, debajo.

Lily acercó el oído a la pared detrás de la que estaba escondida, desde donde escuchaba la conversación. Era un hábito que le parecía repugnante, porque las personas que espían detrás de las puertas siempre escuchan aquello de lo que no quieren enterarse. Pero para Lily Culebra, cualquier información era vital, porque ¿qué sería de ella si se quedaba de brazos cruzados? ¿Iba a hacer de sirvienta de esas tías malvadas y avarientas el resto de su vida? Ella tenía que ejecutar su plan y salir de allí cuanto antes. Quería cosas mejores para su futuro. Ella tenía un sueño. Ella ayudaría a los delfines, a los elefantes, a todos cuantos la necesitaban para salir adelante. Ella iría esa misma noche a desenterrar su tesoro, aquello que su padre le había dejado y lo llevaría con ella.

La tía Eudora bajó la voz:

—Nunca le hemos revelado a nuestra sobrina la existencia de los cofres. Tememos que se eche a perder.

—Preferimos que sufra.

—No está bien que se críe en medio de tanta riqueza. Podría volverse haragana.

—Y nos gusta que sufra —siguió tía Didí.

—Es importante que aprenda a servir a los demás. Sólo a través del servicio, una muchacha se vuelve un ser humano útil.

—Servicio doméstico.

—Claro, claro, Didí. El señor Budapester entiende perfectamente. ¿No es verdad, señor Budapester?

Callaron de pronto cuando Lily, haciéndose la distraída, entró con tres platos con pollo agrio y cebollas crudas. El señor Budapester se relamió los labios como un gato a la vista de las cebollas. Y la tía Didí preguntó en voz muy alta cuál era el árbol que daba pollos asados, porque ella conocía el árbol del que crecían las cebollas, pero no los pollos. Nadie le respondió e hincó pensativa el tenedor en la pechuga.

Capítulo 18

Ahora imaginen ustedes a una persona que no se enamoró nunca: ¿cómo se comportaría? Piensen en una persona que siempre odió el amor, todo lo que tuviera que ver con el amor y a los enamorados, y de pronto cae flechada por la saeta de Cupido, la más afilada del mundo, ¿cómo se lo tomaría tal persona? Para tía Eudora fue nada más ver al señor Otto Budapester y cambiar de color. Perdió el hambre y el sueño; perdió hasta la respiración. Se veía obligada a salir al balconcito a alguna de las torres para respirar aire limpio, y la vista del rifle y de las escopetas le daban náuseas. ¡Ah, el querer es una cosa tremenda! Tanto le fallaba la cabeza, que debía oler un pañuelo con tres gotas de agua de colonia para no pasársela mareada —porque el amor hace sentir que se camina sobre las olas—, y era tanto el malestar de estómago que le producía la cercanía del —según ella— bello Otto Budapester, que más que mariposas en la panza, sentía que tenía murciélagos y hasta zopilotes. Y no es que el señor Otto fuera o no agradable a los ojos de las damas —no lo era ni por casualidad—, sino que, como ya debes saber, el amor es ciego. Seguro te leyeron de más pequeña el cuento de *La Bella y la Bestia*, donde por amor, la Bestia se vuelve un príncipe apuesto por el encantamiento. Pero ese es un cuento: porque lo que en realidad pasó fue que la Bella, al enamorarse de él, comenzó a verlo hermoso, aunque el tipo

seguía todo peludo y con los dientes torcidos. Así, tía Eudora sospechaba que el señor Budapester, de tanta belleza exterior que poseía y gracias a su divino don para tocar el violín, era un bombón de hombre.

La que de verdad estaba desconcertada era la tía Didí. Ella conocía muchas historias de amor, y en todas, una de las partes —*o incluso las dos partes*—, acababan muy mal. Estaba, como ya se dijo antes, la historia de la merluza con la zanahoria y la de los huevos con el tocino, aunque acá se trataba más bien de un triángulo amoroso, donde quién sabe qué le pasaba al jamón por la cabeza para amar a esos mellizos. ¿Y la de la gallina que fue a darse un baño de agua tibia para embellecerse y la hicieron puchero? O el bacalao que se congeló de amor para asistir a la fiesta de los tomates aplastados. Es cierto que pueden replicar sus argumentos diciendo: "Didí, ¡esas historias son recetas de cocina! ¡Las leíste en un libro de cocina!". Sí, ella los leyó donde dicen: ¿y cuál es el problema, cuál la confusión? ¿Acaso no se llenan la boca por ahí diciendo que la cocina es un acto de amor? Así que no veía tía Didí por qué su hermana iba a terminar bien su romance. Ya la imaginaba horneada, marinada y saltada con huevos y papas. Por eso, tomó una resolución: no le perdería pisada a Eudora; no le quitaría la vista de encima. De esta manera, concluyó, la protegería.

Capítulo 19

La habitación en que alojaron al señor Budapester era en la que anteriormente guardaban el telescopio para vigilar a los vecinos. Había allí una ventanita con cortinas grises y un sillón con un cubrecama gris topo. Sin embargo, para el señor Budapester era bastante cómodo. Tenía muy poco equipaje: el estuche con el violín y una valija en forma de cubo. Además, quería una habitación alejada de los dormitorios principales, porque decía que a altas horas de la noche él practicaba con su instrumento y no quería molestar ni despertar a las amables señoras Culebra. El violín necesita de, al menos, seis horas de práctica diarias, y al señor Budapester le gustaba hacerlo por la noche, porque era cuando estaba con más energía. Hay personas, explicaba, que son noctámbulas como los búhos y hay otras que son mañaneras, se levantan muy temprano y toda su vitalidad florece en las primeras horas del día, como el gallo o la alondra. Esto tiene que ver con el biorritmo de cada uno, sentenció, y dejó a las Culebra con la boca abierta de par en par sin entender bien a qué se refería con biorritmo, si era o no un tipo de música, como el foxtrot, el twist o algo por el estilo. ¡Qué sabio era el señor Budapester!, suspiró la tía Eudora. Después se encerró en su pieza.

Durante cuatro noches, Lily oyó, por unos instantes, al señor Budapester tocar su violín. Oía un poquito y después

se colocaba en los oídos unos tapones de algodón. A decir verdad, le sucedía algo extraño: que mientras oía el violín del señor Budapester, le venían lágrimas de agradecimiento y entrega. Tenía ganas de regalarle su libro de astronomía y la enciclopedia de delfines y elefantes… Pero en cuanto se ajustaba los tapones en los oídos y escuchaba la música amortizada por el algodón, Lily Culebra tenía escalofríos por todo el cuerpo y le castañeteaban los dientes del terror. Evidentemente, aquello que sonaba en la habitación del señor Budapester no era un violín. Ella había tenido la oportunidad, en sus años de escuela, de oír un concierto para el Día de la Bandera y sabía que eso que sonaba ahí cerquita, en la torre de al lado, no era un violín.

Aquello era una piedra de afilar.

La historia de terror de los viernes por la noche estaba haciéndose realidad.

Capítulo 20

Y durante cuatro noches, la ingenua tía Eudora estuvo maullando su amor delante de la puerta del señor Budapester. ¿Y qué creen que hacía? Cantaba canciones sobre la luna, esa gorda enferma del estómago que era la luna y a quien ella tanto había detestado en sus años pasados.

Cantaba:

Ya la luna baja en camisón
a bañarse en un charquito de jabón…

Y la tía Eudora, que nunca había cantado antes, desafinaba a un punto que podía destrozarle los oídos al más paciente. ¡Qué espectáculo! El tipo afilando dentro de la habitación, la tía Eudora enamorada como un gato y cantando desafinadas tonadas a la luna llena, y la tía Didí, un poco más allá, escondida y con tapones de algodón en las orejas, espiando a su hermana. ¿Y qué hizo Lily Culebra en este momento? ¿Qué hizo Lily Culebra cuando sintió que se aproximaba el desastre a pasos agigantados? ¿Qué hizo con su ansia de libertad? Cerró los ojos y dijo para sus adentros:

—Feliz cumpleaños, Lily Culebra.

Capítulo 21

Lily Culebra salió de la casa de las tías por la puerta principal.

Eran casi las doce de la noche pero ella no tenía ningún miedo. Antes había sentido miedo, ahora ya no. Llevaba en una mochila el peine de carey que había sido de su mamá, el cepillo de dientes, aceite para las bisagras, cera para los escalones, tocino para los gatos —por si volvía a encontrárselos—, pan con chicharrón para los buitres y los cuervos. Había dejado sus libros de cetáceos y de elefantes y el libro de viajes de Marco Polo, el *Viaje a la Luna* del Cyrano y el *Gran Libro de Astronomía*. También había tenido que dejar el oro y las piedras que su papá le dejara por herencia. ¿Adónde estaban escondidos los cofres? Tía Eudora había indicado "detrás, debajo", y ese era el sitio donde enterraba, cuando los había, los esqueletos de las aves a las que daba caza. Las infelices cigüeñas o garcillas que habían tenido la mala suerte de surcar el cielo sobre la propiedad de las Culebra. Entre los restos malolientes de los pobres bichos estarían los cofres, con todo el contenido íntegro. Las Culebra habían tocado apenas alguna moneda. Volvería más adelante, más grande y más segura, a desenterrar su tesoro. Ahora lo importante era salir de la casa.

Estaba tan oscuro que Lily Culebra cometió un error: confundió el aceite con la cera y echó aceite en los escalones. Es-

tuvo a punto de resbalar, pero se sostuvo con fuerza del pasamanos. Después echó aceite en la bisagra de la puerta y en la cerradura y el picaporte, que se abrieron silenciosamente. En realidad, a ella le pareció que no fue silenciosamente sino que dijeron muy bajito y sólo para sus oídos:

—Gracias, Lily.

Había traspuesto el umbral cuando oyó tronar una voz:

—¡Niña del diablo, vuelve acá!

Se volvió y vio en lo alto de la escalera al señor Budapester, con el cuchillo de tronchar pollos en la mano. Rechinaba los dientes haciendo el mismo sonido de su piedra de afilar.

—¡Maldición! ¡Vuelve acá!

El señor Budapester dio un paso y entonces pisó los escalones donde Lily, por equivocación, había echado aceite y resbaló. Cayó pesadamente tres o cuatro escalones y estuvo desmayado apenas unos instantes y se levantó aullando:

—¡Desgraciada, ven acááá!

Lily corrió todo lo que pudo, sin mirar atrás. Unas cuadras más adelante, le salieron al encuentro los pájaros negros. Los cuervos volaron hacia ella, para picotearla en la cabeza y los ojos. Lily metió la mano en su mochila y rápido, les lanzó el pan y el tocino frito... Así, se apartaron de ella.

Conteniendo el aliento, caminó sin parar hasta la comisaría, entró y dio aviso que en su casa se había colado un asesino. Que el tal señor Budapester era un asesino y que fueran a ver qué pasaba, porque sus tías corrían peligro de muerte. Al comisario le costó creer que esa fuera la sobrina de las hermanas Culebra —las mujeres solían decir a quien preguntaba por ella que al terminar la escuela primaria, Lily

se había vuelto al extranjero— y a quien las Culebra tenían escondida. Durante su buen cuarto de hora el comisario se lo pensó bien. Puso sus pies encima del escritorio, se quitó la gorra y se rascó los tres pelos que le quedaban. Muy bien, muy bien, sí. Iría a ver qué cosa pasaba con las Culebra allá en la casa, pero con calma. Bastante mal lo habían pasado en el vecindario gracias al carácter furibundo de Eudora Culebra y la malicia de Diótima Culebra. El comisario dio las gracias a Lily y le dijo que esperase ahí, que él volvería con noticias en un rato, una hora o cosa así. Lily asintió y sonrió. Y cuando pronunció la palabra *adiós*, supo que ya no lo volvería a ver.

Capítulo 22

Aunque el comisario fue muy despacio con su móvil hasta la casa de las Culebra, llegó justo para rescatarlas. El señor Otto Budapester, que no era violinista de una orquesta europea ni mucho menos, las tenía atadas y amordazadas en la cocina, mientras afilaba cuanto cuchillo, cuchillito o tijera hubiera en la casa. Mientras hacía saltar chispas de la piedra de afilar, su rostro resplandecía de alegría. Tan feliz se sentía por esta doble muerte que esperaba lograr que, cuando se detenía para limpiarse el sudor de la frente, tiraba besos a tía Eudora y entonaba una estrofa de la popular canción "Cielito lindo":

Ay ay ay ay
Canta y no lloreeees…

El señor Budapester le explicó al policía que lo detuvo, que cantaba para devolverle a Eudora el favor que le hizo arruinándole los sesos durante cuatro noches seguidas con el asunto del amor. ¡La vieja se había pasado cuatro noches aullando como una hiena canciones a la luna! Seguro, dijo el señor Budapester, la luna se ha ofendido de tal manera por la espantosa voz de esta mujer que no vuelve a asomar la cara por un año entero. ¡Y como para no morirse de indignación! ¡Tendrían que oírla cantar a la vieja esta! El señor

Otto Budapester, que en realidad se llamaba Domingo González, alias *Dominguín el Rebanacuellos*, era un prófugo de una cárcel de alta seguridad y tenía en su currículum varios homicidios. Particularmente, le gustaba asesinar viejitas y apropiarse del dinero y las joyas que las víctimas poseyeran. El afilador asesino, como le llamaron en los diarios, no opuso la menor resistencia cuando lo esposó el comisario. Nada más murmuraba una y otra vez:

–¡Si supieran ustedes el bien que me hacen al sacarme de acá!

Epílogo

¿Y adónde creen ustedes que fue Lily Culebra?

Ah, recorrió un largo camino, pero al final fue al África, como ella tanto deseaba. Dos veces envió postales a sus tías —que ahora vivían en un asilo de ancianas y se comportaban pacíficamente—. En una, estaba montada en un elefante, y con una sombrillita de bambú se cubría del sol. En la otra, estaba sentada sobre los colmillos de un elefante enorme. ¿Sabían ustedes que los colmillos de los elefantes pueden llegar a medir dos metros? Seguro que no lo sabían; yo tampoco: pero Lily Culebra lo sabía y creyó siempre que llegaría a vivir con los elefantes y cumplir sus sueños.

Tal vez quieran saber qué aventuras corrió ella en África.

Pero ¡ah!, esa historia se las contaré en otro libro.

Índice